KB083489

털모자가 있는 여름

— 프랑스, 詩로 읽고 쓰다

시와소금 시인선 · 085

털모자가 있는 여름

— 프랑스, 詩로 읽고 쓰다

황미라 시집

시와 소금

- 1989년 《심상》으로 등단.
- 시집 『빈잔』 『두꺼비집』 『스퐁나무는 사랑을 했네』 등.
- 시화집으로 『달콤한 여우비』가 있음.
- 현재 <표현시동인>으로 활동하고 있음.
- 전자주소 : hmrf89@daum.net

| 시인의 말 |

구름이 참 예쁘다.
어제 비가 내렸으니 새로 떠오른 구름일 터,
저 구름도 언젠가 고스란히 저를 내려놓을 게 분명한데,
본질을 잃지 않으면서도 늘 새로운
구름, 구름,
구름, 방울방울 대지에 스며 목숨을 다하면
초목과 짐승들은 목을 축이고
강물은 더 깊어질 것이다.

시를 쓰고
시집을 묶는 일이
저 구름 같았으면….

2018년 가을
황미라

| 차례 |

제2부 느닷없이 짠해서

제3부 낯선 한때

제4부 몰라서 아름다운

시인의 에스프리 | 황미라

제 1 부

절로 당기는 힘

물

파리의 물엔 숨어 있는 놈이 있다
유리병에 담겨 시치미를 떼도 대뜸 알 수 있다
끓는 냄비 속에서도 살아남아 바닥에 동글동글 허옇게 달라붙는다
그릇이든 싱크대든 마른 행주로 물기를 닦아내지 않으면 희끗희끗한 얼룩으로 남는다

나는 요놈의 석회질이 마땅치 않다
강원도, 하고도 호반의 도시 춘천에서 물든, 내 혓바닥은 파리의 물에게 자꾸 시비를 건다

이제 파리의 물 다루는 법 나도 배워서, 요령껏 석회질을 걷어내는데

내게도 침잠하는, 남의 눈에 거북하고 껄끄러운 걸러내고 싶은 몽글몽글한 앙금이, 입 다물라 한다

안녕, 프랑스

그이는 창문도 못 열겠다고 한다 앞집에 사는 꼬마나 젊은 엄마나 얼굴만 보면 손을 흔들어대는 통에 아침마다 내 등을 떠민다

나도 그렇다 길 건너편에서도 눈 마주칠 때마다 봉주르~ 하루에도 몇 번씩 인사를 하는 이웃 노부부 때문에 이집 저집 훤히 들여다보이는 마당에 나오기 불편하다

모르는 사람도 마찬가지, 땅에 코를 박고 딸네 집 마당 풀을 뽑고 있는 내게 봉주르~ 그이도 나도 난데없이 인사가 고역이다

프랑스 안녕이 나의 안녕을 흔든다

먼 길 돌아와 생각하니

아는 얼굴 말고는 멀뚱멀뚱 쳐다보는 여기 사람, 초면에도 스스럼없이 인사를 건네는 프랑스사람, 모두 외롭기 때문이다 이 모양새 저 모양새 다 마음은 그렇게 허전하고 쓸쓸한 거다

세상에 이방인 아닌 사람 있을까, 저마다 마음의 공화국에서 흔들리는 깃발 아래 홀로 서 있는 것을

앞집도 뒷집도

외로움의 부피만큼 손을 흔든다

외로움의 부피만큼 외면한다

다음에 가면 먼저 인사해야지, 듣는 이도 없는데 봉주르~ 어색한 발음을 해본다

빨래는 다 어디로

집집마다 잘 가꿔놓은 잔디와 꽃들이 예쁜
파리의 정원들
먹고 자고 먹고 자고 동서양이 다를 게 없는데
너른 정원에 빨랫줄 하나 없다

딸네는 지하 세탁실에 셔츠며 양말 널어놓고 출근하는데
남들은 일상의 쾌쾌한 슬픔과 괴로움 어디서 말리고 있나

후후, 예쁘지 않으면 못 참는 여기 사람들
도시 풍경 해친다고 건조기나 실내에서 말린다면
틀린 말도 아니다
어디에 함부로 제 허물 널어놓으랴

그래도 한 번쯤 햇살 아래 널브러져 볼 일이다
하늘에 저를 환히 비춰 볼 일이다

빨랫줄 풍경이 무슨 명화처럼 가슴에 걸리는 오후

햇살 아래 나를 뒤집어 널어놓는다
올올이 축축한 설움 먼 바람 꽁지에 매단다

미역국

딸내미가 해산한 후 병실에서의 첫 식사
빵과 커피, 주스와 요플레
기내식 같은 이 나라 마른 식단을 보고
우리는 웃었다

집에서 끓여온 미역국에 흰 밥을 말아 먹는
딸 옆에서 미역 줄기에 엮인 핏줄을 본다

미역국은 먹었어?
생일이면 빠지지 않고 건네는 말
유전하는 짭조름한 그리움
강보에 싸인 어린 것도 나중에 미역국을 찾을까

빵이나 밥이나
커피나 미역국이나
저도 어쩌지 못하는 당기는 힘, 무섭다

새끼를 낳은 고래가 미역을 뜯어 먹고

상처가 치유되는 것을 보며 따라 했다는 미역국의 유래
조선 어미의 절대치
후루룩 후루룩 비워낸 국그릇이 뭉클, 바다보다 깊고도 넓다

물방울

샤워커튼 탕 안에 집어넣어도 밖으로 조금씩 새어 나오는 물이 있다
욕실 바닥에 구멍 하나 내면 그만일 것 같은데, 뽀송뽀송한 바닥 예쁜 매트에 갇힌, 흐를 데 없는 파리의 물방울들 보면 숨이 막힌다

하기야, 출구가 있다고 다 흘러가는 것은 아니다 내 안으로 역행한 오래된 물방울이 뼈마디를 타고 여직 나를 적신다
그렁그렁 눈물이 된다
무엇이 방울져 나를 관통하는 걸까
탕 안의 수증기처럼 내 안에 피어올라 가슴 안팎에 맺힌,

욕실 바닥을 닦으며 생각한다 순순히 놓아주지 못한 물방울을, 흐르지 못한 날들을,

무, 너무해

얇고 기다란 무가 그나마 반가워 깍두기를 담갔다
아껴둔 고춧가루로 버무려 맛보는데, 이런 무는 처음이다 나무껍질처럼 질겨서 씹을 수가 없다
무 속에 심이 들어있는 것이다

파리의 무는 왜 심이 많이 박혀 있나, 무슨 자존 같기도 하고 아집 같기도 한, 파리의 무가 이방인의 입안을 공격한다
그러니까 사지 말라고 했잖아요, 딸의 웃음 끝에
영어를 알아도 쓰기 싫어한다는 파리지앵과 파리의 무가 칡뿌리처럼 얽혀 끊어지지 않는다

뒤늦게 나는 혓바닥이 노여운데, 이 노여움도
인이 배인 내 마음의 심이라는 거 아닌가 하는 생각에 뒷맛이 쓰고 매운 것이다

엄마는 밥 못해

우리식 먹을거리 바닥나
저녁이 난감한 날

엄마는 밥 못해, 된장 고추장 없지 간장 없지
김치 대용할 오이도 없지
수제비 할 멸치 대가리도 밀가루도 없지
뭔 날인지 동네 마트는 문 닫았지
딸보다 먼저 퇴근한 사위한테 고개를 저었다

프랑스식 괜찮겠어요?
서양사위 한참을 부엌에서 덜그럭대더니
그럴듯한 식탁이 차려졌다
치즈와 베이컨 새파란 파 듬뿍 들어간 희한한

뭐라더라?
내 눈엔 안 보이는 식재료
우리 식은 아니어도 프랑스식은 되는 구나

어떻게 해야 하나, 사는 일 막막할 때

혹은 내가 옳고 상대가 그르다고 생각될 때

가슴에 차려지는 프랑스 식탁

빵과 밥

아침마다 파리사람들 옆구리에 기다란 바케트빵을 끼고 걸어간다 우리로 말하면 동네 빵집은 밥 짓는 집, 줄서서 밥 사들고 집으로 가는 거

중세에도 빵은 사 먹었다는데, 누구도 아침을 짓지 않는다는데, 참 편하겠다 생각하다가도, 아궁이에 불 지피고 밥 짓던 피가 내 몸에 흘러 하얀 밥알이 사뭇 그립다

따뜻한 국물에 밥 말아 먹던 밥상이 무슨 꿈처럼 자꾸 떠오르고, 나는 점점 아득해져서 가슴 가득 밥풀꽃 피우며, 바케트 귀퉁이를 뜯어 먹으며 걷는 금발소년을 바라본다

절로 당기는 저 힘은 어디서 오나
빵이 소년을 끌고 간다 찰진 밥알이 나를 끌고 간다

사람의 몸에 길이 있다

소파는 모를 거야

-거기선 집안까지 신발을 신고 들어간다며? 방에도?
네, 다 그래요
-걔네도 그래?
그래도 걔넨 슬리퍼로 갈아 신더라고요
-신발을 신고 어떻게 방에… 세상에나, 쯧쯧쯔…
팔순 노모는 믿기지 않아서 자꾸 물으신다

앉고 서는 간단한 일을 두고
몸 걸어온 길 너무 달라서
신 벗고 들어가 큰 대자로 눕고 싶은
뜨끈뜨끈한 구들장 그리운, 등짝 있다는 거
파리의 소파는 짐작도 못할 터,
등을 받쳐 주던 쿠션들만 고개를 갸웃거린 겨울이었다

파리, 마트 가는 길

한가로운 파리 교외, 삼거리 꽃밭 지나
노인정 그리고 약국 지나 보존하는 옛 빨래터
흐르는 물 없이 화분만 가득한 낮은 지붕 아래서 꽃구경하다가
여기 아낙들이 벌였을 손 시린 이야기꽃 상상하며
마당 너른 마트에 가네

생선 껍질 홀랑 벗겨 뼈까지 발라놓아
명태인지 대구인지 다른 무엇인지 알 수가 없네
껍질의 비애를 생각하며 지느러미 말짱한 녀석 낯익은 도미를 골랐네
벌써 몇 번째 도미만 사네

못생긴 오이 맛없는 호박
우리 거 비슷한 야채 찾아 두어 바퀴 돌다가
맛없어 갖다 놓지도 않는다는 생수 에비앙
우리는 왜 수입을 하나? 고개를 갸웃거리며 계산을 하네
마트 직원 계산하다 말고 지인과 한참 수다를 떠는데
벽면수행하 듯 앞사람 등을 보고 모두 조용히 기다리네

봄 햇살 나른한 길을 따라 되돌아 가는 길
옛 빨래터 꽃잎에 눈길 한 번 더 주고
길가 벤치에 앉아 주먹만한 쇠로 구슬치기하는 사람들 지켜보다가
어린 시절 학교 운동장에 구르던 유리구슬 꽃처럼 환해져
시린 눈 비비며 느릿느릿 길을 건너네

점심시간이면 어김없이 문을 닫는 약국 지나 노인정,
액자에 끼인 그림같이 창문에서 손 흔드는 할머니
나도 손 흔들어 답례하며 집으로 오네

나를 돌아오는 한낮의 순례
걸음걸음마다 잔잔하게 퍼지는 그리움 있어
찬거리 핑계 삼아 오늘도 마트에 가네

두두

프랑스 아기들은 모두 두두가 있다
엄마가 태아 때부터 단짝 친구로 만들어 주는
인형이나 소품들
잠들 때나 슬플 때 엄마 대신 만지며
의지할 수 있는 위안이 되는
그 무엇
유아원에서도 두두를 꼭 가져오라고 한다
한군데 모아 놓아도
아이들은 제 것을 단박에 찾는다고

나에게 두두가 있다면 그게 무얼까
슬픔과 외로움 봄눈 녹듯 사라지게 할
내 마음의 두두
껴안고 자는 게 아니니 기타는 아닐 테고
슬픈 시는 더더욱 아닐 테고

두두를 찾아 들고 소파에 엎드려 훌쩍이는 아기 옆에서
허공을 쥐고 있는 나를 본다

왜 이리 쓸쓸한지 조금은 알 것 같다

9

9가 사람을 홀린다 진열된 물건마다 19 299 3,999…
끝자리는 9가 지킨다 9는 대단하다
서울 9가 파리에 왔는지 파리의 9가 서울로 갔는지 몰라도
종횡무진 바쁘다
9를 넘어 20 300 4,000이면 금방 지구가 망하기라도 할 것처럼
갈고리를 세우고 사람을 노린다
19와 20, 299와 300, 3,999와 4,000
간극이 멀고도 깊다 사람들이 방향을 잃고 서성거린다
나도 낚였다 키득키득 9, 6, 9, 6… 몸을 뒤집으며 집까지 따라붙는다
1이 모자란 수, 모자라지만 완전한,
9가 수를 쓴다
나를 매달고, 나를 부리며,

산비둘기

산비둘기 한 마리 지붕 위에 앉았다

여기 프랑스에도 산비둘기 많다는데
내 귀엔 음치라고 놀려대던 영락없는 우리 동네 뒷산 그 녀석이다
꾸꾹꾸꾹 꾸꾹꾸꾹 목쉰 소리로 참 크게도 운다

옆집 마당에서 아이들 노는 소리, 골목에서 사람들 떠드는 소리, 숑숑 숑숑 뜬구름처럼 멀기만 한데
나는 산비둘기와 말 트고 논다 모처럼 귀가 즐겁다

이렇게 정다운 산비둘기, 내 나라에 가서도 좋을까
바람도 없이 사람의 마음은 어떻게 뒤집히나

그걸 아는지 산비둘기 어느새 사라져 버렸다

어떤 호사

오페라 구역 한국가게에서 사가지고 온
신라면이 불어터져도 좋은 추억 같다
몇 날 며칠 전통 프랑스식 뒤에 차려지는
꼬불꼬불한 라면이 이렇게 뭉클하다니
빵과 고기가 채워주지 못하는
대대로 유전되어 온 위벽의 매콤한 감성
인스턴트 옹졸한 한 끼 앞에서
수라상을 받은 듯 더없이 공손해지는 식구들
빨간 신라면 봉지가 꽃 같은 날 있다

시차에 관한 생각

몇 시쯤일까
밤은 깊은데 잠이 오지 않는다
내 몸은 한낮이다

몸이 맞이하는 타국의 밤과
몸이 기억하는 모국의 낮

나를 두고
생생한 낮과 밤이 내통한다

밤은 낮의 또 다른 이름
낮은 밤의 또 다른 이름

내게 큰 슬픔
기쁨이 될 수도 있겠다 싶은

제 2 부

느닷없이 짠해서

아름다운 경계

프랑스 남부에서 이탈리아로 넘어가는 길
푸른 산 뒤로 알프스 만년설이 보인다

가는 길 내내 따라오는 흰 이마가 눈부시다
낮은 산들이 발등에 꽃을 얹고 길을 내주는데

뿌리 내리는 나무도 피고 지는 꽃도 없는
빙하의 골짜기를 생각하니 빙하보다 시린 슬픔이 인다

빈번한 눈사태에 여기저기 무너져 내리는
상처투성이 산
쩍쩍 갈라진 천 길 낭떠러지 크레파스를 품고
무섭도록 침묵하는 희디흰, 도무지 이 세상 같지 않은

하지만 언제든 그쪽으로 가면 닿을 수 있는
소담한 꽃길이 열려 있는
철망도 총부리도 없는 국경을 넘으며 쑥쑥 두 눈이 아려온다

퐁네프

퐁네프는 새로운 다리라는 말이래요
세느강에 세운 최초의 석조다리
퐁네프, 라고 사람들이 부를 때마다 조금씩 패였는지
석조의자 둥그렇게 강물 쪽으로 밀려나 있네요

삐끗한 허리를 기대고 앉아
목조다리뿐이었던 당시 다리들이 나 같았을까 생각해 봅니다

나도 신생의 울음을 터트리며 세상에 나왔을 텐데
이름 지어준 꿈이었을 텐데
어느새 삐그덕 삐그덕 어딘가 어긋나버린
내가 나를 남처럼 바라보다니요

한 떼의 젊은이들이 깔깔대며 지나갑니다
저들의 웃음도 세느강 물살을 타겠지요
퐁네프라 부르기 시작했을 그때 다리 아래로 흐르던 강물은
지금 어디서 흐르고 있을까요

세느강 새로운 다리가 가장 오래된 다리가 되어버린

이 차고 쓸쓸한 이름 위에 앉아

아픈 허리에 자꾸 손을 갖다 댑니다

세느강에서

2024년 하계올림픽 유치 기념행사라네요
세느강변에 경기 종목마다 볼거리를 마련해 사람들 바글바글
반가운 태권도를 구경하는데
검은 띠 도복을 따라 발차기를 하는 파리사람들 재밌습니다

그러는 동안 저쪽에선
다리 위에 광목 같은 흰 천을 길게 늘어뜨리고
그 끈을 몸에 감았다 풀었다 줄타기를 하며 춤을 추는 여자가 있습니다
안전장치도 없이 거꾸로 매달려
출렁이는 강물에 머리가 닿을 듯 말 듯 하다가
다시 오르내리며 음악에 맞춰 우아한 춤을 춥니다

그러니까
이쪽에선 사람을 졸라맨 끈이
저쪽에선 풀어 놓은 끈이 마주하고 있는 것입니다
태권도 끈은 싸움의 기술을 익히고 여자의 끈은 춤을 춥니다

멍하니 이쪽저쪽 바라보다가 끈이 된 나를 봅니다
슬픔 축축한 육십줄을 봅니다
묶은 매듭이 있다면 풀어야지요
묶인 매듭이 있다면 풀어야지요

누군가와 겨루기를 하지 않기를
누군가를 춤추게 하기를, 바라며 세느강에서 나는 헐거울대로 헐거워지고 싶었습니다

오월에

대통령 후보들의 얼굴이 펄럭거린다
쌀쌀한 바람에도 얇은 벽보에 들어 미소를 잃지 않고 꿈을 공약한다
그게 전부는 아닐 테지만
파리 어디에도 노래하고 춤추며 기호 몇 번이라 소리 질러대는 모습은 보이지 않는다

결선투표가 있던 날
출구조사 직후 곧바로 패배를 인정하며 성명서를 발표하는 극우파 르펜과
승리 축하연설을 하는 중도파 마크롱
개표 결과 한 번도 뒤집힌 적 없었다니 놀랍다
내 나라에도 새 정권이 들어섰다는 소식 전해지고…

맑은 날 한 번 가보리라 벼르던 아름다운 저편
세느강 상류에 있는 다리를 건넌다
푸른 숲에서 산책을 하거나 강변에 나와 봄볕을 쬐는 사람들
여기도 다를 게 없다

먼 빛에 좋다 했던가 거꾸로 내가 걸어온 길을 바라본다
저렇게 근사한 곳이었나?

화물선이 느릿느릿 지나간다
이 시대 무거운 짐을 싣고 물살을 가른다
어디에 닿든 짐은 풀어야 할 테고
다시 새로운 짐을 싣고 이편과 저편을 아우르며 중심을 통과할 것이다

오던 길 되돌아 가는 다리 아래 물결이 출렁출렁 바람을 감아올린다 아직은 차다

아침 산책길에서

누구네 정원이 더 예쁘나 내기하나 보다
휴일이면 집집마다 윙윙 잔디를 깎고 꽃밭을 가꾸느라 바쁘다
나무울타리를 다듬고 창문마다 덧문을 활짝 열어놓고 모기를 쫓아준다는 제라늄꽃에 물을 준다

샷시와 모기망보다
햇살과 비바람 고스란히 받는 걸 즐기고
도시 미관을 해칠까 봐 빨래조차 안 너는 아파트 발코니
단독주택 대문도 이웃과 어울리는 색으로 칠하려 애쓰는 파리사람들
전문가의 손길이 닿은 길가의 꽃들

언젠가 외출에서 돌아오던 밤 동네 어귀에서 목격한 광경
길을 막아놓고 장대 끝에 달린 호스로 높은 곳에 매단 화분에 물을 주던 사람들과
조용히 멈춰 끝나기만을 기다리던 자동차들 있었다

도시를 조화롭게 가꾼다는 거, 그 수고 느긋하게 기다려준다

는 거, 부러운 아침

꽃밭 지나 동그란 교차로 지나 먼 먼

내 나라, 자투리땅만 있어도 채소를 심고 어떻게든 살아보려 울긋불긋 꿈꾸는 간판들

빨리빨리 실어 나르고 싶은 희망을 두고 조바심을 내는 자동차들

느닷없이 짠해서 발걸음 마냥 느려지는 것이다

뒷동산

프랑스 에트레시 뒷동산 가는 길
시멘트 가루를 뿌려 놓은 듯
산길 여기저기 허연 석회질이 발끝에서 흩어진다

말이 산이지 언덕이나 다름없는데
숲은 우거져 새들을 부르고
길을 다 오르면 너른 벌판이 펼쳐진다

축구장보다 넓은 잔디밭에
토끼풀 꽃이 삐죽삐죽 목을 빼고
어디서 왔나 궁금한지, 나를 빤히 쳐다본다

산허리를 싹둑 베어 놓은 것 같다
저 아래서 보나 이 높이에서 보나
끝없는 평원, 예쁘다 멋지다 하면서도
있어야 할 것이 없는 듯
잃어버린 그 무엇인가가 있는 듯
허전한데

산 옆으로 펼쳐진 노란 유채밭
어디까지인지 끝을 보리라 유채꽃을 따라가다가
가도 가도 끝날 기미가 없어
그냥 되돌아 왔다

바람이 내달리면 어디까지 갈까
주체스럽게 흔들릴 때 누가 받아주나

부러운 너른 땅에서 자꾸 헛것이 보인다
첩첩산중 내 나라 산정이 어른거린다
바람이 지날 때마다 품어서 달래는 푸른 산 그립다

운하가 있는 풍경

프랑스에서 가장 길다는 루아르강
그 강을 가로지르는 다리를 건너간다
이 다리는 한가운데 운하가 있다
에펠탑을 설계한 에펠이 건설에 참여했다는 운하 다리
다리가 터주는 물길을 따라 나도 흐른다

강변에서 일광욕을 즐기는
한 무리의 사람들이 내려다보이고
우거진 숲 너머 뾰족한 지붕들도 맨살을 고루 태우고 있다

지중해에 닿아 있다는 운하
둑길이 한없이 늘어져 나른한데
다리 건너 저만큼서 물 높이를 조절하는 수문에
빨간 제라늄꽃이 매달려 환히 반긴다
이런 곳에다 화분을 놓을 생각을 하다니
그 손길 예쁘다

어느 가족이 타고 온 요트를 두고

갑문에 물이 차오르길 기다리는 시간
누구도 서두르는 기색 없이 기다림을 즐기는 사람들

갑자기 너무 서둘렀다는 느낌이 나를 휘감는다
그게 무엇이든
품 넓혀 마음의 길 낼 줄 몰랐다는 생각이
파리로 돌아오는 내내 드는 것이다

버스정류장을 찾아서

파리 생라자르역에서 북서쪽 지베르니역에 도착한 뒤
기차에서 내려 그냥 사람들만 따라가면
모네의 정원이라더니 정말 그랬습니다
모두 똑같은 방향으로 가다가
셔틀버스 앞에 줄을 서서 버스에 오르길 기다립니다
나도 앞사람들을 따라가니 틀림없습니다
버스에서 내려서도 약속이나 한 듯
서로 처음 보는 사람들끼리 떼로 몰려가는데
그야말로 사람들만 따라 부지런히 걸으니 모네의 정원입니다

꽃의 정원, 물의 정원, 반짝이는 유월을 거닐다가
느지막이 집으로 돌아가는 길
제일 먼저 버스정류장을 찾아가는 거 그게 문제였습니다
사람들만 따라왔더니 버스에서 내려 어느 길로 들어왔는지 통 모르겠는 겁니다
파리행 마지막 기차를 놓칠까 봐 조바심나는데
이 골목이 그 골목 같고, 저 골목이 그 골목 같습니다
여느 사람들도 나처럼 헤맵니다

각자 자기 시간에 맞춰 돌아가기 때문에 따라갈 앞사람이 없는 것입니다
지도를 든 독일인도 뱅뱅 돌다가 나와 몇 번 마주치고는 멋쩍게 웃습니다

우르르 사람들을 쫓아온 길
길 옆에 뭐가 있었는지 살펴보지도 못하고 무작정 걸어온 길
골목 담장이며 지붕 색깔이며 크고 작은 나무들 그 막연한 풍경들
놓친 게 너무 많습니다

사는 일도 그랬습니다
훗날, 세상에서 무엇을 어떻게 보고 왔냐고 앞서간 사람들이 묻는다면
모네의 정원에서 버스정류장 가는 길보다 더 아득할 것 같습니다

밀밭에서

파리 시내만 조금 벗어나도
구릉이 다 밀밭이다

고흐가 아직도 붓놀림을 하는지
바람도 없는데 밀이삭이 한쪽으로 쓸린다

드문드문 붉은 양귀비꽃 흔들리고
하늘이 푸르르 지평에 내려앉는다

외롭고 슬프다는 건
제 몸에서 잘려 나와 바닥에 뒹구는
고흐의 귀 같은 거

양귀비꽃
피 묻은 고흐의 귀처럼 뭉클하다

일용할 양식인 밀밭이
일용할 슬픔이 되어

시가 되다니

밀밭 길을 걷는 내내 바람에서 물감 냄새가 났다

몽파르나스묘지

몽파르나스타워에 오르면
몽파르나스묘지가 한눈에 내려다보인다

도시 한가운데 자리한 공동묘지
주검들이 살아 있는 사람과 함께 있다
사르트르도 모파상도 그렇게

언젠가 딸내미랑 아기 유모차 밀며 동네 묘지에 간 적 있다
갈 데가 없어 갓난아기를 데리고
공동묘지에서 산책을 하냐고 투덜대던 때가 생각난다

그 동네 묘지나
유명인이 많이 묻힌 몽파르나스묘지나
나무와 꽃들이 예쁘기만 한 조각공원 같은,
외딴곳 우리네 으스스한 공동묘지 이미지와는 영 다른,
죽음도 삶의 연장 선상에 놓여 있음을
몽파르나스빌딩 유리창 너머로 새삼 깨닫는다

햇살이 고루고루 퍼지는 파리의 오후
은발의 누군가가 묘지 벤치에 앉아 깊고 오랜 사색을 한다

앉아 있는 은발의 누군가와
묘지에 누워 있는 누군가
그리고 그곳을 내려다보며 두 발 딛고 서 있는 내가
도시 파리에 점, 점, 점, 으로 찍혀 있다

지도에도 없는 점, 지구별에 날리는 먼지

길에서

파리 근교
차도와 인도를 합친 것보다 넓은 녹지
나무 그늘에 들어 길을 바라본다

노란 봄날
너무 넓어 유채밭 끝을 보지 못한 채
언덕을 내려오던 길이 있었다
내가 사는 나라 국토의 칠십 퍼센트가 산이라 하면
입이 떡 벌어지는 여기 사람들
유채꽃도 입을 다물 줄 모른다

겹겹의 산들과
고층 아파트 빽빽이 들어선 옴팍한 분지 춘천이
종일 유채밭 너머로 신기루처럼 아른거리고
까닭 없이 허기지던 날 있었다

가도 가도 끝없는 사막
산이란 산은 몽땅 태평양으로

밀어 넣은 게 틀림없으리란 의혹을 품고
불도저 같은 지평선이 무서웠던 저편 대륙의 길도 있었는데

너른 땅에 산다는 건
배부른 낮잠 같은 걸까
벤치에 기댄 나무 한 그루 슬쩍 흔들어 본다

눈사람, 그 후

우리는 둥글둥글
지구에 붙박인 슬픔 덩어리
차고 시린 가슴 쓸어내리며
따뜻한 햇살 그리운 노래하지만

살아간다는 말은
사라진다는 말
녹아버린 날들 눈물져 바닥에 흥건하네
나중엔 흔적도 없겠지

알프스 눈이 녹아 흘러든
프랑스 안시호수
알프스 눈이 녹아 흘러든
이태리 가르다호수
스위스나 오스트리아의 어디쯤
차고 맑게 고이는
썩지 않고 살아서 출렁거리는
알프스 눈의 투명한 길

나도 그 길에 들어 호수가 될 수 있다면
고요 속에 구름 몇 점 띄우고
큰고니 노닐 게 할 수 있다면 좋겠네

눈물은 뼈와 살을 품고 어디로 가나
녹고 녹아 어느새
동글동글 마침표로 남아 있는 나날들

몽블랑 연가

어둠 속에서
어둠은 또 다른 어둠을 어떻게 알아보나

알프스산맥에 기대어
배알을 내놓은 산마을

이쪽과 저쪽을 한통속으로 묶는 건
지독한 어둠이었다

눈 덮인 험한 산허리
허물고 깎아내 깊은 속을 트는

쓰리고 아픈 일이
도타운 울림을 낳다니

자동차 바퀴 소리에 감겨오는
아득한 당신

몽블랑터널 속에서

오래전 매몰된 내 옆구리 얼얼하다

설산雪山에 올라

어느 만큼의 높이를 이루면
아무런 빛깔도 지니지 않는 모양이다

하늘에 닿을 듯 뾰족한 산봉우리들
눈 덮인 몽블랑은 그저 하얗다
해탈의 경지에 이르면 이럴까

나는 저 아래
알록달록한 마을에서 올라온 빨간 스웨터
속세의 중생인데

사람에게도 보이지 않는 높이라는 게 있어
쯧쯔 고고한 혀를 차며
누가 나를 내려다보는지
몽땅베르 전망대에서 정수리 한참 시리다

그래도 나는 내려가야 할
저 바닥의 목숨붙이

온갖 고통과 번뇌 무늬진 땅에 발 딛고 사는 사람

산악열차 꽁무니에 앉아
눈부신 천상의 풍경 뒤로하고 하산한다

빙하의 골짜기 지나,
산전수전山戰水戰 지나,
나에게 가는 길

몽블랑 기슭에 옹기종기 이마를 맞댄
지붕들 꽃밭 같다
낮아지고 낮아질수록 세상은 따뜻하고 다채롭다

안시의 물

이태리에서 몽블랑터널을 빠져나오면 프랑스다
굽이굽이 이어진 길을 내려오면
바로 작은 도시 안시,

숙소에 들어 손을 씻는데
딱 춘천 물이다
매끄럽게 닦이는 상쾌한 이 느낌
프랑스에 갈 때마다 석회질물에 스트레스를 받던
나는 단박에 안시가 좋아졌다

아무리 깨끗이 설거지를 해도
마르고 나면 희끗희끗 드러나는
이 나라 눈물 자국 같은
얼룩을 행주로 닦아줘야 하는 식기들이며 싱크대,
석회질 없는 수돗물을 생각도 못 해봤다는 프랑스 사람도 있거늘

알프스에서 눈 녹은 물이 흘러드는 안시

새벽녘 장독대에 떠놓고 빌던 어머니의 정화수처럼
찰랑찰랑 가슴 가득 받아 놓고, 그리운 이름 부르고 싶다

호박이 있는 정원

딸내미네 정원 울타리 밑에
호박씨를 묻고 왔더니
통통한 호박이 열린 사진을 보내왔다
노란 꽃도 이파리도 제 땅에서 자란 것처럼
실하다

어떻게 뿌리를 내렸을까
질긴 뿌리들이 엉켜붙어
삽질도 힘든 잔디밭에서

일제에 러시아로 강제 징용된 한인들
남미 사탕수수밭에서 노예처럼 피 흘린 이민자들
물설고 낯선 땅을 일구며 악착같이 살아낸
가슴 빠개지는 이야기

호박이라고 모를 리 없다
이국에서 담벼락을 타고 꿋꿋하게 뻗어가는
조선호박이 옆에 있는 아름드리 호두나무보다
크고도 높다

모네 씨, 고마워요

모네의 수련
가까이서 보니 꽃잎이 뭉개져 있네요
윤곽선이 희미해요.
그보다는 순간순간 변화하는 빛을 담아낸 거라네요
거리를 두고 보면 하늘하늘한 수련
꿈결 같아요

미처 몰랐어요
탐욕의 선 뭉개면
간단히 허물면
내 삶도 한 폭의 그림인 것을,
경계 없는 그 자리에
그리운 마음들 찬연히 내려앉는 것을,

제 3 부

낯선 한때

그해, 봄

추웠네

툭, 하면 비가 내리고 맑은 날 며칠 없었네

축축한 길섶에서 달팽이들 느릿느릿 기어 나오면

피다 만 꽃잎들 바닥에 카펫처럼 무늬졌네

떨리는 어깨에 스웨터를 걸치고

불온한 냉기를 쫓으려 눈에 불을 켜도

테러가 있었네

남서쪽 툴루즈에서 교사와 등교하던 아이 셋이

총에 맞아 죽고

파리 번화가 라데팡스에선 군인이

칼에 찔리고

추적추적 빗속에서 파르스름 소름 돋던

프랑스 봄은 너무 아팠네

햇살도 하늘 깊이 관용의 얼굴을 묻고

부슬부슬 울고 있었네

털모자가 있는 여름

털모자가 걸어갑니다
앞뒤가 푹 파인 티셔츠를 입은 소녀들과
앞서거니 뒤서거니
한여름 땡볕 아래 묵은 겨울을 끌고 갑니다

패딩점퍼에 달린 털모자
이렇게 끈질긴 겨울을 전에도 본 적 있습니다
십 대도 있었고 중년도 있었고
남자도 여자도 있었습니다

패션, 자기표현일 뿐이라는데
비정상 같은 정상, 정상 같은 비정상
내겐 프랑스가 어렵기만 한데

햇빛을 깃발처럼 흔드는 털모자가
건들건들 세상을 비웃으며 조롱하며
체감 온도를 높여 놓습니다

비웃는다 조롱한다, 생각하다가
느닷없이 어쩌면 저 청년 추울 수 있겠다, 마음의 오한
뼛속까지 파고드는 지독한 슬픔과 외로움 있겠다 싶어

오랜 관습과 자유 사이에서
나만 혼자 땀 흘리며 털모자를 힐끔힐끔 쳐다봅니다

그 여자의 길

프랑스는 출산 후
서너 번 전문가가 가정을 방문해 아기 몸무게와 키를 재고
문제는 없는지 살펴본다
산모 건강도 체크하고

예약된 날
방문자에게 정중히 현관에 신발을 벗고
들어오라고 하면 안 되냐 했더니
딸내미 왈, 여기 문화는 그런 말 할 분위가 못 된다고 한다

뾰족구두 그 여자가 다녀간 뒤
그 여자의 동선을 따라 걸레질하기 바쁘다
아기방까지 신발을 신고 들어오다니,
그 여자가 끌고 들어온 길을 걷어내며
투덜대자 딸내미가 웃는다

언제나 문밖에 신발을 나란히 벗어놓는
앞집 프랑스 부부도 내색하지 않고 있다가

손님이 돌아간 뒤 바닥 청소를 한다고

죽으려고 물에 뛰어드는 사람도
두 손 모아 기도하 듯 신발을 벗어놓는 우리나라 사람들

어딘가에 들기 전 신발을 벗는다는 게
새삼스러운 한낮
댓돌 위에 신발이 가지런히 놓여 있던
옛 풍경이 박물관에 걸린 명화처럼 가슴에 환하다

나무들

파리는 나무를 가만두지 않는다
자르고 다듬어 모양을 낸다
네모나게 아니면 둥글게
뾰족하게 허리 잘록하게
공원이나 거리마다 똑같이 매만져 놓는다

그 나무 아래서
관광객들은 기념사진을 찍고
나는 딱딱한 빵을 뜯는다

파리의 나무라고
마음 가는 대로
팔다리 쭉쭉 뻗어가고 싶지 않겠는가
나무에 기댄 채 나는
프랑스의 유래 '프랑크의 땅'에서
'자유로운' 뜻이라는 '프랑크'를 의심하는데
봉건 왕조인 양 어깨에 힘주고
새떼들 푸드득 나무들을 흔들어 놓는다

혁명에 몇 번은 뒤집혔을 이 땅에서
불구의 시간을 어떻게 견디나
나무들은 참 용하다는 생각이 들 때
잘려나간 나뭇가지가 찌르는지
새들이 쪼고 날아갔는지
빵을 씹는 입천장 잠깐 아프다

시간에 관한 보고서

프랑스 동네 마트는 고객의 택배를 대신 받아준다
사정이 있어 물품을 직접 받기 힘든 사람들이나 직장인들의 편리를 위해 수수료를 받고 운영한다
퇴근한 딸내미와 마트에서 장을 보고 입구에 있는 창구에서 물건을 찾으려는데
안 된다고 한다 근무 시간이 끝났다는 것
오 분도 안 지났는데… 단호한 직원 어깨 너머로 빤히 보이는 주소지와 이름을 두고 우리는 발길을 돌렸다

기차를 기다리던 시간
금발의 여자가 표를 막 사려는 순간, 창구 직원이 작은 유리문을 내린다 여자가 문을 두드려도 점심시간이라며 휙, 돌아선다

오페라 구역 먹자골목
점심을 놓친 배고픈 곱슬머리 남자가 식사 중인 사람들 앞에서 점심은 끝났다며 단박에 거절당한다

아, 여기 있네요, 괜찮아요, 다음엔 일찍 오세요, 란 말을 몽땅

삼켜버린

가차없는 시간

화사하게 만발한 거리의 꽃들이 죄다 조화 같을 때가 있다

귀여운 지구

에펠탑 부근
젊은 남녀가 껴안고 진지한 입맞춤을 하는데
패키지여행 온 한국아저씨 씨익 웃으며 몰래 사진을 찍는다
앞뒤로 줄지어 선 한국아줌마들 키들키들 웃는다

남을 의식하지 않는 여기 사람이나,
어떻게 저럴 수 있나 민망한 한국 사람이나,

발 딛고 사는 땅에서 배우고 익힌
내가 굳게 믿고 있는 어떤 거
무슨 철학 같은 종교 같은 생의 어떤 거
갑자기 죄다 의심스러운데

여기 토박이 청춘이나,
이국의 객이나,
멀리서 그걸 풍경처럼 바라보는 나나,
모두 바람이 끌고 다니다가 놓아버린 뜬구름 같은데

어디쯤에서 홀연히 사라질 뜬구름들이 벌이는
사랑과 미움, 삶과 죽음이
몽땅 사랑스러운 거라
요 행성이 부리는 조화가 곱살스럽기만 한 거라

중력을 뒤집는 뭐 없을까
나 짓궂은 상상을 하며
하늘 한 번 올려다보고 땅 한 번 내려다보는 거라

잔디

눈이 내리고
잔디는 더 선명해진다
파리의 잔디는 사시사철 푸른 잔디

흰 눈과 푸른 잔디의 대비
예쁘긴 하지만
피고 지는 이치를 거스르는
이 단호한 빛깔을 두고

순하게 사계四季를 따라가는
잔디 잔디 금잔디 심심산천에 붙은 불*
그립기만하다

왜 내겐
뭔가를 지키기 위해 애쓰고 있는 단순무구
아니면 소나무의 푸른 기개를 닮으려는 과욕으로 읽히는 걸까
이 작은 풀잎의 억척에
박수는 고사하고 자꾸 시비를 거는 걸까

파리의 잔디를 밟다가

한결같다는 말, 흉을 보는 것처럼 들리는

낯선 한때가 있다

* 김소월의 「금잔디」에서

집시와 나

오르세미술관 부근, 길에서 반지를 주워 내 거냐고 묻는 여자가 있었다 첫 눈에 집시다

손사래를 치며 아니라고 했건만 정신 홀랑 빼놓고 반강제로 내 손바닥에 반지 올려놓더니, 내가 손바닥 거두지 못하고 황당해하는 사이, 몇 발짝 가다가 되돌아와 커피라도 사 먹게 돈을 달란다

그 눈빛 애처로워, 동전 몇 개 주고 반지 가져가라고 내밀자, 돈만 챙기고 줄행랑을 친다 순식간에 벌어진 일이다

오죽하면 그랬을까, 구리반지 들여다보는데 동전이 아니라 내 지갑을 노리는 다른 사람 어디쯤에서 지켜보고 있었을 거다 다 한패다 무사하길 다행이다 딸이 그런다

오나가나 돈이 문제다 집시 여자도, 그 숨은 사람도, 나도,

돈이 아니면, 구리반지 핑계 삼아 집시 여자랑 커피 한 잔 마셨을까 얼마나 많이 힘드냐고 그 여자 얘기 마음 열고 귀담아 들어줬을까, 이 나라 말 몰라도 토씨까지 다 알아들을 것 같은 바람이 분다

구리반지 짠해서 버리지 못하는데, 집시 여자 선한 얼굴이 동그란 반지 안에 들어앉아 우는 듯 웃는다 웃는 얼굴 뒤로 본 적도 없는 그 여자의 아이들 가난한 눈동자가 굴러다닌다

나는 자꾸 구리반지 안으로 고꾸라진다

여름날의 산책

프랑스 중부 도시에서
한여름 복더위에 자식을 앞세우고
사돈 내외와 우리 부부 산책을 한다

나는 그늘이란 그늘을 좇아 걸음을 옮기고
프랑스 사돈은 햇빛을 좇아 걸음을 옮긴다
피부가 탈까 봐 신경 쓰는 나와
피부를 태우려 신경 쓰는 안사돈이
같은 하늘을 이고 걸어간다

예전처럼 어디 숲길을 걷는 줄 알았다
산책을 하겠냐고 물었을 때 그냥 쉬겠다고 할 걸…
나는 맘속으로 후회하면서 땀을 닦는다

땡볕 아래 낯선 오후가 부, 서, 진, 다,
구릿빛 건강한 피부를 선호한다는
여기 사람들 이야기에 고개 끄떡이긴 하는데
내겐 풀기 어려운 수수께끼 같다

그늘과 땡볕을 오가는 딸아이 저 혼자 바쁘고
모두들 서로 다른 신경 줄을 느슨하게 놓아주려
느릿느릿 걷는다

아침에

나는 네가 아니야, 말하지는 않았지만
머리를 감을 때마다
내게서 떨어져 나가 욕탕 하수구에 엉켜있는 머리카락을 보면
내가 봐도 내가 아닌 거 같다

가을날 제 발밑에 쌓인 누런 낙엽을 내려다보는
나무도 나 같을까
이파리 떨어져 나간 자리마다 바람을 들이며
빗자루 끝에 쓸리는 저를 바라보는
나무는 얼마나 쓸쓸할까

여기는 프랑스 파리
곱슬곱슬 금발 반짝이는 땅에서
남남인 양, 뿌리까지 감아쥐고 세상 끝에 떠돌아도
사라지지 않을 유전의 사슬

나는 네가 아니야, 말하지는 않았지만
나의 원형을 품은 흑갈색 빳빳한
머리카락 올올이 싸울 틈도 없이 서둘러 나를 떠난다

손

가끔 생각나는 손 있다

파리 지하철에서 개찰구를 빠져나가려는 내 가방 속으로 들어오던 여린 손 하나

손지갑에 막 닿으려는, 이걸 어쩌나 망설이다가 그냥 고개를 돌려버린 짧은 순간, 정면으로 마주쳤는데 이상하게 얼굴은 생각나지 않고

소녀의 하얀 손만 떠오른다

또래들과 후다닥 줄행랑을 치던 이국의 소란스러움이 여태 내 귀를 흔든다

어쩌다가 말도 안 통하는 너와 내가 이런 일로 대면하게 되었는지…

그 가늘고 예쁜 손 많이 외로웠나 보다, 먼 나라 우리 집까지 따라와 돌아가지 않는 걸 보면

기차에서

파리 교외로 가는 기차입니다

맞은편 자리에 앉은 중년 남자가 빵을 먹고 있었습니다 다 먹고 난 후 빵을 쌌던 종이봉지를 한 손에 구기고는 막 던지려던 참인데요, 나와 눈이 딱 마주친 겁니다

순간 그 남자는 바닥에 버릴까 말까 멈칫거리는데 그게 눈치 채고도 남을 정도의 시간이었습니다

프랑스 남자는 고민을 많이 하네요 내가 외국인이기 때문이겠지요 그러다가 기차가 정거장에 멈추자 에라 모르겠다는 식으로 손에 쥐고 있던 누런 봉지를 바닥에 슬쩍 놔버리는 것입니다

담배꽁초를 길에 버려야 청소부도 먹고 산다고 하던 파리지앵의 오래된 농담과, 그 남자의 종이봉지, 프랑스와 내 나라가 뒤엉켜, 나도 모르게 피식 웃음이 새어 나오고

플랫폼을 걸어가는 남자의 굽은 등을 보며 벌써 후회하고 있을지도 모른다는 생각을 했습니다

아직 온기가 남아 있을 종이봉지가 프랑스 남자를 구기는 사이, 가을 햇살도 슬그머니 사람들 속으로 구겨집니다

풀꽃

마당 잔디를 깎는데
풀꽃 모가지 댕강댕강 잘려나간다
휴일이면 잔디 깎는 이집 저집에서
윙윙윙윙 풀꽃 비명 들린다

어쩌다가 잔디 뿌리에 걸려든 걸까
참 운이 없다
민들레 토끼풀 이름 모를 풀꽃들
잔디를 위해 잔디 너머로 사라진다
총총한 별 보면 풀꽃들 서러운 넋 같다

이 밤 쪼그만 풀꽃들 깨워
몰래 내 나라 들판에 놓아주고 싶다

조용한 식사

대면 후 첫 식사를 하던
사돈과 우리 내외
프랑스 사람들 식사할 때 말을 많이 한다는데
말이 없는 두 사돈
만국 공통어 같은 웃음만 싱겁게 날린다

눈치껏 딸내미가 말을 전하고
우리 생각해서 차린 푸슬푸슬한 밥과 구운 생선이
샐러드 틈에서 서투른 인사를 한다
맛있다고, 고개를 끄덕였지만
식탁보다 큰 김치 한 조각이 자꾸 가슴에 펄럭이고

어디선가 산비둘기 울어댔다
그 걸쭉한 울음이 왜 그리 반가운지
저 새소리 우리 동네에서도 듣는다, 말문을 트고
다시 다물어지는 입
하늘도 멋쩍은지 살짝 붉어졌다

제 4 부

몰라서 아름다운

저물 무렵

그림자가 제 키보다 길다는 건
날이 저물어 간다는 거
서쪽으로 막 기우는 햇살은
모든 사물을 관통하네
내면 깊숙한 곳에서 긴 한숨 같은
쓸쓸함과 우울을 밀어내네
대륙의 끝 리스본에서도 숨길 수 없는
저것 좀 봐
빌딩과 나무와 내 그림자 점점 길어지고
어두워지는데
보도블록 환히 빛나는 거
사람들에게 밟히던 바닥, 이토록 아름다운 거
세상의 바닥은
세상의 끝에서 조용히 얼굴을 드네

올리브, 올리브나무

스페인 남부 그라나다를 향해 달리는 버스에서
너무 많은 올리브나무를 보았네

나는 차창에 머리를 기대고 앉아
하염없이 걸었네
올리브나무 사이를 지나 올리브나무
올리브산을 넘어 올리브산
숙소에서 짐을 풀면서
밤새 꿈꾸면서
춘천 집에 돌아와서도
올리브나무 사이로 끝없이 걷고 또 걸었네

스물다섯 해를 넘겨 열매를 맺기 시작하면
수백 년 수명을 다할 때까지 풍성하게 열린다는
올리브나무가
나와 집 사이로 걸어 다니네
나와 도시 사이로
나와 우주 사이로

은녹색 이파리 반짝이며

마른 땅에서도 꿋꿋하게 살아남는
태양의 나무
메뚜기 떼에 습격을 당하면 특수한 냄새를 피워
그 냄새를 맡은 옆 나무는
공격을 막는 화학물질을 합성한다는
저는 죽어도 이웃을 살리는
나무 한 그루가 세상에 쏟아내는 영혼의 이름
올, 리, 브,
가지가 휘어지도록 주렁주렁 저를 몽땅 내려놓는데

울퉁불퉁한 굵은 둥치가
생생하게 전해주는 깊고 높고 맑은 말
올리브나무 경전을 읽고 또 읽었네

누에보다리

론다의 구시가지와 신시가지를 이어주는
누에보다리
까마득한 협곡 위에 세워진
높디높은,
스페인 내전 당시에는 포로들을 떨어뜨려 죽였다는
슬픈,

하지만 지금은 서정시처럼 불리는 이름
누에보, 다리에 앉아
살아남았다는 게 축복이 아닌 사람도 있겠구나
망각의 힘으로 살아가는 사람도 있겠구나
나는 생각하는 것이다

감옥으로 쓰였다는 다리 중간 아치는
아직도 소름이 돋는지
자동차가 지날 때마다 끼익끼익 바퀴에 비명이 감긴다

무엇을 위한, 누구를 위한, 싸움이었을까

다리 아래로 침묵의 강은 흐르는데
어쩌자고
풍광은 이토록 아름다운지

눈을 깊이 찌르는 햇살에 못 이겨
나는 고개를 숙인 채 모자를 푹 눌러쓰고
한참을 앉아 있었다

세상의 끝

유라시아대륙의 서쪽 끝이라는
호카곶
날아갈 듯 세찬 바람 불고
벼랑 아래 천길 바다 출렁이네요

포르투갈 시인 카몽이스는
'이곳에서 땅이 끝나고 바다가 시작된다' 고
꼭대기에 십자가가 있는 기념비에서 노래하지만

우리가 살고 죽는 세상의 끝은
어떻게 알아보나요

마지막이란 늘 엄숙해서
나무와 꽃들조차 몸을 낮춰 납작 엎드린 땅
기념사진 한 장도 미안한,
허리 펴고 서 있기 죄스러운,
참으로 가슴 시린,

까마득한 절벽 땅끝에서 대서양 거센 바람 맞으며
생의 어디까지 왔는지
몰라서 아름다운, 내 살던 곳으로 돌아갑니다

구름은 꽃처럼

이국의 호텔 발코니에서
사진작가 그녀와 함께 노을을 바라보던 저녁 있었다

막 넘어가는 둥근 해와
그 붉은 빛을 조금씩 머금기 시작하던 구름이
순간순간 달라지는데
구름이 붉어질수록 산의 윤곽은 선명해졌다

야자수 한 그루도 한낮에 품었던 햇살을 내뿜는지
점점 어두워지고
지는 해의 마지막 빛을 받는 구름을 포착하려
숨죽이며 기다리던 그녀는 찰칵, 찰칵, 셔터를 누르고

구름은 꽃처럼 피어나
구름은 꽃처럼 지는데

문득 우리도 누군가의 피사체인지 모른다는
생각이 드는 것이다

아득한 어디선가 사람의 참모습을 기다리는지도

한 사람 저 별에 왔었노라, 수많은 별들에게 보여주려
멀고 먼 데서 숨은 렌즈를 돌리는지도…

이 황홀한 하늘 아래서
나를 되짚어보다가
가슴에 떠 있는 오래된 구름 한 점
먹먹한 슬픔, 왜 나는 꽃처럼 피고 지게 못하나

사진에 몰두한 그녀 옆에서 한없이 부끄러워 절로 붉어졌다

슬픈 걸음

한 무리의 관광객들 걸어갑니다
가이드를 따라 부지런히 움직입니다
미술관 입구에서 무선수신기를 하나씩 귀에 대고
빠르게 따라갑니다

가이드가 가리키는 그림 앞에서 설명을 듣고
또 다른 그림, 가이드가 보라는 그림만 쫓아
귀를 한껏 열어놓습니다

옷 입은 마하, 옷 벗은 마하, 말고도
나름 꼭 보고자 했던
오롯이 가슴으로 만나고 싶은 그림 있었을 텐데…
몇몇 그림 지나 어느새 출구
누가 더 빠르나 내기하 듯 버스에 오릅니다

다음 목적지를 향한 자본의 발걸음
빨리 빨리, 빨리 빨리,

누구를 위한 누구에 의한

종종걸음 사이로 미술관이 소실됩니다

서편 하늘 노을이 그렁그렁

사람들의 허전한 발목을 붉게 적십니다

미술관 앞 기타리스트

길게 줄을 선 프라도미술관 입구에서
버스킹하는 중년의 기타리스트
음반을 가지런히 놓고
로망스에 이어서 아스투리아스를 연주하는데

출렁이는 사람들 어깨 너머로
구름도 귀를 세워 더 낮게 내려앉는다

소란한 거리에서 홀로 기타를 치는
저 외로움을
기타케이스에 놓인 대여섯 개의 음반이 간신히 받아주고
동전 몇 개 밥알처럼 흩어진 한낮
미술관으로 향하는 내 발길이 자꾸 느려진다

기타를 친다는 건
생을 품는 거
기쁨과 슬픔을 조율해 피안에 드는 거

울컥, 사진 한 장 찍었는데

깊은 울림 예까지 따라와

나를 미술관 입구로 자꾸 이끈다

소리

프랑스에서 이태리로 넘어가자
내 나라에 온 줄 알았다
빵빵 여기저기서 자동차 경적이 울리는데
픽 웃음이 나왔다

파리 시내만 벗어나도 대부분 조용한 프랑스
짜증 내지 않고 기다려주는 인내심
저건 배워야지 좋다, 그러면서도
남의 집 마당처럼 조심스러운데

무엇이 있어
같은 유럽이 이렇게 다른 걸까
하긴 핏줄인 형제도 성격이 다르고
내게도 양면이 있지 않은가

왠지 친숙한 빨리 빨리란 DNA
차창 밖으로 얼굴을 길게 빼고 목소리 높여 불평하는 모습이
어째서 사람 냄새로 다가오는지

저건 아닌데, 저러지 말았으면 하면서도
왜 내 집 안방처럼 만만한지
세상에나,

나를 지배하는 어떤 거
오랜 유전의 뼈마디가 키득키득 느슨해진다

산타크로체 고요

그래도, 지구는 돌고 돌아
당신을 만납니다

지동설을 주장하던
당신은 꼼짝없이 누워 있고
동시대를 살았다면 천동설을 믿었을
나는 두 발로 서 있습니다

높이 밀어 올리는 저 숨결

천국 렌즈 들이대면
까맣게 타들어 간 그 마음 헤아릴 수 있을까

산타크로체성당 완강한 대리석관에
동動- 하고 마법을 걸면
갈, 릴, 레, 오, 당신 걸어 나올까

살아 있다는 거,

세상 끝에 매달려 바동대는 나
믿기지 않아

사진 한 장 찍었습니다
모르지요, 돌고 돌아 푸른 시공을 넘어
안녕하신가
주체스레 흔들리는 내 방에 들어오실지

구름소나무

구름이에요
둥글둥글한 초록 구름이요

다듬지 않아도 우산을 펼친 것처럼 자란다고
로마인들은 우산소나무라 부른다지만
나는 구름소나무라 부르겠어요

고대건축물 사이로 몽글몽글 떠 있는
구름소나무,
구름소나무 꼭대기에 올라가 누우면
하늘을 둥둥 떠다닐 수 있을지 몰라요
그리운 곳으로 나를 데려다줄지도 몰라요

저편 언덕을 넘으면
수염 하얀 중세의 석공을
프레스코화를 그리는 궁정화가를
이웃처럼 만날지도

아니, 유년의 마당을 지나
옛 친구 지붕을 지나 강가에 이르면
꿈꾸던 내가 있을지도…

후, 내뱉은 신의 숨 같은,
누구나 공평하게 받아줄 것 같은

바람 부는 날
구름소나무를 타고 멀리 멀리 가고 싶어요

야

암스테르담 중앙역
파리행 플롯햄이 멀긴 멀었다

맨 끝에 있는 계단을 오르려 모퉁이를 꺾는 순간
앞서가던 남편을 둘러싼 건장한 청년 셋이 있었다
바짝 밀착해 있는 그들은
꼼짝 못하게 양팔을 붙잡고 막 주머니를 털려던 참이었다

야!
겁도 없이 있는 힘을 다해 내지른 소리
내 소리에 놀란 놈들과 눈이 마주쳤다
나도 놀랐다 해코지 할까 봐 무서운데 놈들이 재빠르게 후다닥 도망간다

야!
내 목젖을 젖히며 터져 나온 소리
칼도 총도 아닌 것이 이렇게 힘이 센 줄 몰랐다

내가 품고 있던 예쁘고 아담한 도시를 한순간 삼켜버린 그 날의

야!

소리가 아직도 삐그덕 삐그덕 돌아가던 풍차를 멈추게 한다

해안 마을에서

어디인들 골목이 깊지 않을까

집집마다 창문 밖이 천길 바다고
머리를 두는 쪽이나 발을 뻗는 쪽이나
시퍼런 파도 일렁인다

그래도 창문에
기도문처럼 화분을 놓아두고
오가는 사람들 서로의 안부를 묻는데

마음 저편은 늘 젖어서, 젖는 만큼
새파란 이끼를 덮고

말뚝 밑이 허방이라도
어떻게든 견디는 게 삶 아니겠느냐
저물녘 햇살을 이웃에게 깊숙이 밀어주는

이국의 골목에서
해풍에 날아오는 소금기, 현자의 말씀을 받는다

감자를 먹는 저녁

강원도에 산다고 하면
감자부터 떠올리는 사람들이 많았다
감자는 두메산골 가난의 상징처럼
바닥을 굴러다닌다

벨기에서 나고 자란 프랑스 노인은
어릴 때 허구한 날 감자를 먹었다며
향수에 젖어 가끔 식탁에 감자를 올린다는데

암스테르담 반 고흐 박물관에서 본
감자 먹는 사람들도 농부다
희미한 불빛 아래 삶에 지친 얼굴로
고픈 배를 채우고 있다

거친 땅에 뿌리 내려
가난한 이들에게 생을 몽땅 던지는
감자를 한 냄비 삶았다
고흐의 엄숙한 식탁이 가슴에 차려지는 저녁이다

자화상

고흐의 자화상 앞에서 고흐의 숨결에 나 소름이 돋는데 고흐가 붉은 수염 흔들며 누구냐고 묻는다

못 들은 척, 미술관을 돌아 나오며 고흐 그림이 프린트된 머플러를 목에 두르자 당신 누구야, 야, 누구야, 야, 야…… 고흐가 죽일 것처럼 내 목을 조인다

죽은 뒤에 알아본들 이게 어디 나일까만 슬그머니 여권을 손에 쥐는 건 때마침 불어온 바람 때문, 바람에 들통 닌 순 허깨비

나도 모르겠는 나, 때문이다

| 시인의 에스프리 |

프랑스, 詩로 읽고 쓰다

프랑스, 詩로 읽고 쓰다

황 미 라
(시인)

숲길에 들어 나무를 본다.

소나무, 참나무, 아카시아나무,

그리고 이름 모를 나무들과 관목들 빽빽하다.

관점에 따라

나무들은 모두 같고

나무들은 모두 다르다.

같거나 다르거나

나무들은 서로 뿌리를 맞잡고

가지를 뻗으며 숲을 이룬다.
그리고 더없이 고요하다.
사람 사는 세상도 숲 같으면 좋겠다.

그해 가을, 둘째가 느닷없이 프랑스로 유학을 가야겠다고 했을 때 당황스러웠던 기억이 아직도 생생하다.

꿈을 위해 제 나름의 모든 준비를 다 하고, 부모 앞에 무릎을 꿇고 허락만 기다리고 있는 아이에게 뭐라 말할 수 있을까.

벌써 18년 전 이야기다.

그렇게 떠난 녀석이 그곳에서 공부를 끝내고 직장을 잡더니 프랑스 남자와 결혼까지 했다.

되니, 안 되니, 여느 집들이 겪는 통과의례 같은 시간을 보냈다.

이제 두 아이의 엄마가 되어버린 딸내미, 사돈나라 프랑스가 남다를 수밖에 없는 것이다.

프랑스는 땅이 넓어서 부러웠다.

낮은 구릉과 너른 초지가 아름다워 내 눈은 호사를 누렸다.

유채밭과 포도밭이 끝도 없이 펼쳐지고 들판과 밀밭 사이사이 붉은 양귀비꽃이 하늘거렸다.

하지만 석회수가 나를 예민하게 만들었다.

지역마다 조금씩 다르긴 한데 파리 근교와 북부지역이 심한 편이라고 한다. 아무리 석회질이 문제가 없다고 해도 나는 미덥지가 않았다. 수돗물을 정수해도, 채소를 씻어도, 머리를 감아도, 빨래를 해도 말이다.

물론 알프스 근처 지방은 물이 좋았다. 설산에서 녹은 물이 흘러든 호수를 끼고 있어서 춘천 물 못지않았다.

결혼식은 시청에서 프랑스 상징인 삼색 띠를 어깨에 두른 시장이 주관한다. 일찍이 서로의 건강진단서를 제출하고 서로 확인한 신랑 신부 본인들은 물론, 증인들까지 세워 혼인서약서에 서명을 받는다.

시장이 한참 이야기를 해서 축복해주는 주례사를 저렇게 오래 하나보다 했더니 그게 아니었다. 법 조항을 하나하나 들먹이며 이래도 결혼하겠느냐고 묻는 절차라고 한다.

예식을 마치고 신랑 신부가 문밖을 나서자 하객들이 기다렸다는 듯 다산을 기원하는 생쌀을 뿌렸다.

저녁 무렵부터 시작된 피로연이 새벽 네다섯 시까지 이어졌다. 서양 사람들은 춤을 추며 파티를 한다는데 그렇지는 않았다. 주로 오랜만에 만난 친지들이 식사를 하며 이야기를 나누고 젊은 친구들은 밤새 당구를 치며 놀기도 하였다.

짧은 시간에 끝나는 우리의 결혼식과는 많이 달랐다.

그리고 또 다른 결혼식, 서울에서 전통혼례를 올렸다.

서양 사위가 사모관대를 하고 딸내미는 족두리를 쓰고, 사돈 내외도 한복을 입었다. 햇살 좋고 아름다운 가을이었다.

프랑스 복지를 피부로 느낄 수 있었던 건, 딸내미가 직장을 다니며 출산을 하고 육아를 하는 걸 지켜보면서이다.

자세한 건 몰라도 출산하는데 비용도 전혀 들지 않았다.

일단 출산을 하면 공무원들이 병원에 와서 확인하고, 출생신고가 바로 이루어졌다.

출산 후에도 전문가가 서너 번 방문해 아기와 산모의 상태를 꼼꼼히 살피고, 일정 기간이 지나면 동네 지정 병원에서 정기적으로 진료를 받는다.

출산 후 이해할 수 없던 몸조리.

프랑스는 산모의 '몸조리'라는 개념 자체가 없었다. 병원에서 퇴원하면 보통 사람이랑 똑같았다. 체질이 달라서일까. 여기 여자들은 찬물에 샤워하고 찬 바람을 쐬고도 잘들 사는 것 같았다.

그리고 출산 휴가를 끝내고 직장에 나가도 육아 땜에 지장을 받지 않았다. 무엇보다 보모제도가 정말 잘 되어 있었다.

보모들에 대한 심사는 엄격하고 보모들의 환경과 능력에 따라 아기들을 돌볼 수 있는 자격도 모두 달랐다. 어떤 보모는 두 명만 어떤 보모는 세 명까지만 하는 등으로.

나는 처음 아기를 보모네에 보낸다고 할 때 걱정이 많았다.

결정하기 전, 직접 보모네 집을 방문해 가족들의 면면도 살펴보고 분위기도 관심 있게 본다고 한다.

딸내미는 나름 보모가 아기를 어떻게 다루는지, 시간을 넉넉히 들여 살펴보고 결정지었지만, 나는 내심 불안했다.

하지만 나라에서 관리를 정말 철저히 하는 것 같았다.

공무원들이 불시에 보모네를 방문해 문제가 있는지 없는지, 어려운 점이 있다면 그게 무엇인지 확인하곤 했다.

프랑스 보모들은 일반 직장인이랑 똑같은 대우를 받고 있는데 정기 휴가도 있고 실업 수당도 있었다.

비용은 어떻게 감당하나 보니 정부와 고용주, 그러니까 아이 부모들의 각 가정의 경제 수준, 지난해 수입에 따라 부담하는 비율이 다르다고 한다.

우리 손녀는 휴일 집에 있는 날이면, 가끔 보모가 보고 싶다고 할 때가 있었다. 보모와 정이 든 모양이다.

놀라운 제도가 있었다.

첫째 손녀의 유치원 입학을 앞두고 살짝 긴장한 딸내미에게 물었다. 앞으로 어떻게 할 거냐고.

보모한테 맡겼을 때는 사위가 퇴근하면서 데려왔지만 오후 서너 시에 끝나는 게 문제일 것 같았기 때문이다.

그런데 걱정을 하나도 안 하는 눈치였다.

그럴 것이, 프랑스는 몇 년 동안 아이가 끝나는 시간에 퇴근한다는 서류를 내면 된다는 거다. 고용주가 거절하면 법에 걸린다고 한다.

물론 일찍 퇴근하는 만큼 수입이 줄어든단다. 딸내미 직장이 파리 시내에 있어서, 비교적 직장이 집하고 가까운 사위가 맡아 하기로 했다.

사람 사는 모습은 어디나 거기서 거긴 것 같다.

낯설고 이해할 수 없는 부분도 있지만, 각자 자기가 나서 자란 환경에 익숙한 탓일 것이다.

이것이 옳다, 저것이 그르다, 할 게 아니었다. 서로를 인정하고 존중하면 이해 못 할 것도 없지 않은가.

짐을 싸고 풀며 수년 동안 들락거렸지만, 솔직히 내 어찌 프랑스를 안다고 할 수 있을까.

설령 그곳에 산다고 해도 말이다.

다만 그때그때 본 만큼 느낀 대로 말할 뿐이다.

| 황미라 |

황미라 시인은 1989년 《심상》 신인상 당선으로 등단했다. 시집으로 〈빈잔〉 〈두꺼비집〉 〈스퐁나무는 사랑을 했네〉가 있으며, 시화집으로 〈달콤한 여우비〉가 있다. 〈표현시동인〉으로 활동하고 있다.

시와소금 시인선 085

털모자가 있는 여름

1판 1쇄 발행 2018년 11월 10일
지은이 황미라
펴낸이 임세한
책임편집 박해림
디자인 유재미 정지은

펴낸곳 시와소금
출판등록 2014년 1월 28일 제424호
발행처 강원 춘천시 충혼길20번길 4, 1층 (우24436)
편집실 서울시 중구 퇴계로50길 43-7 (우04618)
팩스겸용 (033)251-1195 / 휴대폰 010-5211-1195
이메일 sisogum@hanmail.net
ISBN 979-11-86550-79-3 03810

값 10,000원

* 이 책의 국립중앙도서관 출판도서목록(CIP)은 서지정보유통지원시스템 홈페이지(http://seoji.nl.go.kr)와 국가자료공동목록시스템(http://www.nl.go.kr/kolisnet)에서 이용하실 수 있습니다.
(CIP제어번호 : 2018031692)

강원문화재단
Gangwon Art & Culture Foundation

• 이 시집은 2018년 강원도 강원문화재단 문예진흥기금으로 발간하였습니다.